L'AMIE

DE

L'ANCIEN GOUVERNEUR

TIRÉ A DEUX CENTS EXEMPLAIRES

Plus dix sur papier de Hollande et deux sur papier
du Japon.

L'AMIE

DE

L'ANCIEN GOUVERNEUR

NOUVELLE

DE CHTCHÉDRINE

TRADUITE PAR

ED. O'FARELL

PARIS

LIBRAIRIE DES BIBLIOPHILES

Rue Saint-Honoré, 338

M DCCC LXXXI

PRÉFACE

L'accueil fait aux Trois Contes russes m'encourage à présenter au public l'Amie de l'ancien gouverneur.

On y retrouve, comme dans les contes, une vive satire dirigée contre les fonctionnaires ; mais le tour en est différent.

D'une part, il n'y est pas question des moujiks, et, d'autre part, le surnaturel n'intervient pas.

Si les personnages mis en scène sont des gouverneurs, des conseillers, des officiers de police, c'est-à-dire des agents de l'autorité, cependant il est à remarquer que l'auteur ne les isole pas de la cité où ils exercent leurs fonctions.

Il atténue ainsi, sans le vouloir peut-être, le caractère personnel de ses attaques, et il donne un air plus vrai, plus humain à tout son récit.

S'il demeure avéré, comme Chtchédrine le dit tout à coup avec indignation, semblant oublier pendant un moment le ton de badinage adopté par lui pour nous raconter cette histoire un peu scabreuse, s'il est vrai que dans la ville où se passe l'action « il n'y avait pas un être vivant qui ne fût prêt à contribuer, par quelque manœuvre honteuse, à une honteuse entreprise », évidemment les vices du gouverneur d'une pareille ville paraissent moins choquants, puisque, d'après l'auteur satirique lui-même, ils se trouvent à l'unisson avec ceux de ses administrés.

Cette considération émousse en quelque sorte d'avance la malignité des traits que l'on s'attend à voir tomber comme la grêle sur les fonctionnaires, et particulièrement sur les gouverneurs généraux, lorsqu'on saisit les intentions agressives contenues dans le titre russe de l'ouvrage d'où cette nouvelle est tirée.

Le volume où figure, entre autres, L'AMIE DE L'ANCIEN GOUVERNEUR s'appelle en russe POMPADOURUI I POMPADOURCHI, ce qui pourrait se traduire « les Pompadours (au masculin) et les Pompadoures (au féminin)».

C'est ici que le lecteur touchera du doigt les difficultés d'une traduction du russe en français, notamment quand le texte est de Chtchédrine.

Une Pompadoure (pour imiter le russe, qui marque le genre par la terminaison) présente au lecteur français l'image de la *favorite d'un monarque; pas autre chose.*

On pourrait donc croire qu'il s'agit ici des amantes des tsars; et, en suivant le même raisonnement, on pourrait supposer que les Pompadours ne sont autres que les Biren, les Patiomkine (car c'est ainsi que l'on doit écrire en français Potemkin, si l'on veut se conformer à la prononciation russe) et autres célèbres favoris des tsarines.

Il n'en est rien. Pompadourui et Pompadourchi sont des termes inventés par Chtché-drine pour désigner d'une manière comique les hauts fonctionnaires et les femmes qu'ils honorent de leur amitié.

On voit par là que, si le mot Pompadourchi s'applique à des espèces de marquises de Pompadour au petit pied, celui de Pompadourui se rapporte à des person-nages barbus n'ayant aucune ressemblance, à aucun point de vue, avec l'élégante mar-

quise dont le merveilleux portrait a été peint
au pastel par Maurice-Quentin de La Tour.
(Ce chef-d'œuvre existe encore heureusement
au Musée, malgré l'inscription fatidique,
Liberté, Égalité, Fraternité, tracée aux
deux extrémités de notre grand palais na-
tional, en caractères noirs et lisibles, sur la
façade de Philibert Delorme incendiée, et en
lettres pâles, à peine visibles, sous la colon-
nade de Perrault : là-bas, satisfecit inso-
lent; ici, Mané, Thécel, Pharès honteux.)

Pompadourui et Pompadourchi ne se
rattachent donc que très indirectement à
Mme de Pompadour, bien qu'il y ait inten-
tion évidente d'employer son nom d'une
façon malveillante en lui donnant par exten-
sion un sens qu'exprimerait dans une certaine mesure le terme familier de « freluquets », car il s'agit de désigner des gens
légers, sots, frivoles et sans mérite.

Pompadourui i Pompadourchi pourrait se traduire : « Les freluquets de l'administration et leurs bonnes amies. »

C'est une traduction par à peu près qui donnera peut-être au lecteur français une idée de la signification de ces néologismes.

Elle n'est pas tout à fait exacte, puisque « freluquets » semble devoir s'appliquer de préférence à des hommes jeunes, tandis que Chtchédrine emploie *Pompadourui* pour désigner aussi bien des vieillards que des jeunes gens.

En ce qui concerne le titre russe de L'AMIE DE L'ANCIEN GOUVERNEUR qui est Staraïa Pompadourcha, *pour le rendre mot à mot il aurait fallu dire « la Vieille Pompadoure » ou « l'Ancienne Pompadoure ». C'eût été barbare, et le lecteur aurait pu se faire une fausse idée de l'héroïne, qui est jeune et jolie.*

L'Amie de l'ancien gouverneur *exprime, je crois, le mieux l'idée russe.*

Je dois ajouter toutefois que le mot « gouverneur » ne se trouve pas imprimé une seule fois dans le texte russe. Il a fallu cependant l'adopter de nécessité en français.

En supposant que j'eusse dit « Pompadour » pour gouverneur et « Pompadoure » dans le sens de l'amie du gouverneur, se figure-t-on l'effet produit par un texte français tout parsemé des mots « Pompadour » et « Pompadoure » ? C'eût été aussi laid qu'embrouillé. Or, comme il ressort du texte russe qu'il s'agit d'un gouverneur, il m'a paru plus simple de l'écrire franchement.

Rien ne semble plus injuste, soit dit en passant, que cet usage méprisant que Chtchédrine a fait du nom de la marquise de Pompadour. Qu'on me permette d'en ap-

peler au regretté **M**. Littré, qui n'était pas suspect de royalisme et autres crimes, j'allais dire de lèse-nation, mais je m'arrête à temps. Avant tout, il faut être exact. Il ne faut pas dire lèse-nation. On doit dire lèse-majorité des votes exprimés actuellement par le suffrage universel. Voilà le jargon qu'il faut employer pour demeurer dans le vrai et conserver le respect qui est dû à notre souverain Peuple XIV, car ce serait commettre un acte irrespectueux que d'oser lui attribuer une opinion déterminée sur n'importe quelle matière. On semblerait vouloir le lier et attenter ainsi à son libre arbitre.

Or **M**. Littré, dans son Dictionnaire de la langue française, dit, au mot Pompadour : « Robes à la pompadour, négligés coquets que la marquise de Pompadour avait inventés. Etoffes pompadour, celles sur lesquelles il y a des bouquets de plusieurs couleurs dans lesquelles, généralement, le bleu et le rose dominent. Il y en a aussi à raies, ayant des bouquets jetés sur les raies. » Et plus loin :

« *Pompadour se dit des objets d'art qui datent du règne de Louis XV et de la marquise de Pompadour.* »

Plus loin encore, le vénérable M. Littré explique que pompadour et rococo signifient, dans le langage des artistes, ce qui était à la mode sous Louis XV, mais pompadour avec une idée de louange, et rococo avec une idée de blâme.

Comment mépriser une femme qui a inventé, au dire d'un républicain et d'un philosophe du rang de M. Littré lui-même, des négligés coquets, qui a donné son nom à de gracieuses étoffes. avec des bouquets jetés sur des raies, qui a fixé le style d'objets d'art et dont le nom est une

*louange? une femme à qui des milliers d'ha-
biles ouvriers, d'ingénieuses ouvrières, doi-
vent encore de nos jours leur pain quotidien?*

*De quelle célébrité contemporaine peut-
on en dire autant?*

*Prenons l'homme le plus immense du
XIXe siècle. J'ai nommé M. Victor Hugo.
Que diront de lui dans cent ans à la let-
tre H les Littrés de l'avenir?*

*Ils n'auront pas à parler de bouquets jetés
sur des raies; mais qui sait si, avec les goûts
changeants de notre nation, ils ne glisseront
pas sur tant de chefs-d'œuvre pour faire
ressortir que, le premier parmi les membres
de l'Académie française, il a jeté sur le papier,
comme exprimant le sublime, non pas des
bouquets, mais un mot que ladite Académie
avait ainsi défini: « Matière fécale de l'homme. Il se dit aussi de quelques autres ani-
maux, comme du chien et du chat, etc. Les*

gens bien élevés évitent avec soin d'employer ce mot dans la conversation » ?

Parler sévèrement de Mme de Pompadour et de ses relations avec le roi Louis XV est un droit qui appartient uniquement aux prêtres et aux chrétiens. Eux seuls ont qualité pour reprocher à cet homme et à cette femme d'avoir outragé la sainteté du mariage catholique; mais j'invoque le témoignage de mes deux cent douze lecteurs (les dames ne liront certainement pas cette histoire scandaleuse), de ces deux cent douze fils de 89 ou même de 93 : en voudront-ils à la marquise de ne pas avoir respecté des lois religieuses pour lesquelles eux-mêmes affichent un souverain mépris, et que les hommes placés au premier rang en France, grâce à la majorité des votes exprimés actuellement par le suffrage universel, considèrent comme nulles et non avenues ?

Reprochera-t-on à Mme de Pompadour d'avoir rompu le pacte du mariage civil? Mais le mariage civil n'existait pas.

Il faut être juste même envers un roi et une marquise.

Louis XV et Mme de Pompadour étaient tout simplement des précurseurs, et j'ai le ferme espoir que, par suite des réformes accomplies sous le ministère de M. Jules Ferry, les personnes qui enseignent l'histoire dans nos écoles laïques de jeunes filles s'expriment à peu près en ces termes, en parlant de Louis XV et de la marquise de Pompadour :

« Louis XV, Mesdemoiselles, avait le malheur d'être né sur un trône. Il n'est point de plus mauvais lieu pour naître. Nos premiers écrivains nous enseignent que les rois et empereurs ne sont que des escrocs et des bandits, bons tout au plus à être tués ; mais ceci vous sera expliqué

» *dans la classe de littérature française.*

« Restons dans l'histoire. Or le roi en
question, né dans les conditions abjectes que
je vous ai exposées, privé des lumières répan-
dues de nos jours à profusion par les jour-
naux, avait cependant entrevu déjà toute la
nullité du prétendu lien du mariage religieux.
Il a été encouragé dans la voie du progrès
par une femme de génie, la marquise de
Pompadour. Avec une hauteur d'esprit à
laquelle justice est due, elle a puissamment
aidé ce prince à se dépouiller des supersti-
tions surannées, et tous les deux, en ren-
dant hommage aux lois de la nature, mal-
gré les entraves créées par un clergé igno-
rant et fanatique, ont planté les premiers
jalons de l'émancipation humaine. »

Voilà, ou à peu près, comment on doit
parler aujourd'hui de Mme de Pompadour,
à moins d'être un suppôt de Dieu.

*Par quel mystère de la langue ou des idées russes un esprit libéral comme Chtchédrine a-t-il été amené à donner à de petits pachas de province, ignorants et brutaux, le nom de la charmante femme que La Tour nous représente assise devant une table chargée de l'*Encyclopédie*, de l'*Esprit des lois*, de la *Henriade*, du *Pastor fido*, d'une mappemonde, d'une estampe gravée par elle-même, etc., en un mot, d'attributs qui marquent de la politesse et de l'instruction ?*

Chtchédrine serait-il un clérical déguisé ?

Je n'hésiterais pas à le dire si je pouvais réparer par là tout le mal que, s'il faut en croire un critique éminent, j'aurais fait dans ma courte préface des Trois Contes russes. *Il paraît que, sans le vouloir, j'ai excité le gouvernement moscovite à déporter en Sibérie les Russes en général et Chtchédrine en particulier. Je suis désolé de m'être* si mal exprimé. Cela démontre une fois de plus que l'art de mettre par écrit ce que l'on pense est un art des plus difficiles.

Si véritablement ma préface contenait une si dangereuse excitation, il ne me reste qu'à briser ma plume. Un scrupule m'arrête : le même éminent critique qui a éprouvé un si grand déplaisir à lire l'introduction aux TROIS CONTES RUSSES a trouvé les contes en eux-mêmes charmants et a manifesté le désir de connaître d'autres œuvres du même auteur.

Je ne brise donc pas ma plume, et, comme un des maîtres dans la science des beaux livres m'a déclaré qu'une préface était nécessaire, j'en écris une.

Si nos Aristarques sont habitués à des jours filés d'or et de soie au point de ne pouvoir supporter cinq minutes d'ennui pour jouir ensuite d'une heure d'agrément, eh bien, il est un remède très simple à un si grand mal ; qu'ils fassent comme moi : je ne lis jamais les préfaces.

AU LECTEUR

On remarquera la fréquence des points suspensifs qui interrompent le récit ou le dialogue dans « l'Amie de l'ancien gouverneur ». Ils existent tous dans le texte russe et paraissent correspondre à une habitude de ne point achever sa pensée et d'en laisser deviner le développement.

Ils ont été conservés soigneusement afin de donner, dans une certaine mesure, au lecteur français une idée de la tournure d'esprit russe.

Un autre usage moscovite, on peut dire une manie, qui n'a d'ailleurs rien que de flatteur pour nous, c'est de mêler des mots français, ou même des phrases françaises tout entières, à la conversation russe.

Afin que le lecteur puisse autant que possible

se rendre compte de l'effet résultant de ces emprunts faits à notre langue, on a imprimé en lettres italiques tous les mots qui se trouvent imprimés en français dans le texte original.

L'AMIE

DE

L'ANCIEN GOUVERNEUR

I

La mise à la retraite inattendue de l'ancien gouverneur général de la province n'eut pour personne des conséquences aussi pleines d'amertume que pour Nadèjda Pétrovna Blamangé. Dans l'existence de personne elle ne laissa un vide aussi grand. En attendant l'arrivée du nouveau gouverneur général, les commissaires de police, les secrétaires et autres scribes du tribunal n'en continuaient pas moins à s'appeler commissaires de police, secrétaires et scribes ; elle seule avait perdu en un instant et pour toujours la gloire, les honneurs, la grandeur..... il y avait des moments où il lui semblait qu'elle avait même perdu son sexe.

« Surtout, *ma chère*, sachez porter votre croix avec dignité ! lui dit son amie Olga Séménovna Prokhodimtseff, dont le mari avait dû jadis je ne sais quelle place de secrétaire à la protection de Nadèjda : n'oubliez pas que les regards de toute la ville sont tournés vers vous. »

Nadèjda Pétrovna frissonna et se compara mentalement à une reine déchue. Que lui importaient maintenant « les regards de toute la ville » ! Elle savait bien qu'ils n'étaient dirigés sur elle que pour mesurer la profondeur de son affliction !

Ayant perdu son gouverneur, elle avait perdu tout... même la capacité d'être bonne patriote!...

Les derniers adieux avaient été particulièrement pénibles pour elle. Conformément à l'usage, la séparation eut lieu au premier relais en quittant la ville. Là s'étaient réunis les amis les plus dévoués pour faire la conduite au meilleur des gouverneurs. On mangea les zakousski (le caviar, le saumon fumé, etc.). On but sec; on versa quelques larmes; Monsieur le secrétaire Prokhodimtseff s'en inonda même au point que l'ancien gouverneur général dut se borner à faire un geste de la main en disant :

« Emmenez-le! emmenez-le... c'est un cœur d'or! »

Cependant Nadèjda Pétrovna sut se contenir, et même, avec assez d'art, elle sut se donner un air joyeux. On lui demanda de chanter — elle ne s'y refusa pas; elle prit une guitare et chanta l'air favori du gouverneur :

Elles s'en allaient toutes trois...

mais à ce passage :

Las! Matriona!
Las! Matriona!
N'approche pas!

sa voix eut comme un tremblement...

Enfin, lorsqu'on annonça que les chevaux étaient attelés, lorsque l'ancien gouverneur commença à s'emmitoufler et leva les mains pour mettre du coton dans ses oreilles, Nadèjda Pétrovna n'y tint plus. Elle enleva rapidement de ses propres épaules son fichu de laine et, en ayant enveloppé le cou du gouverneur, elle jeta un cri qui réveilla l'écho des forêts voisines.

« *Nadine a été sublime d'abnégation!* dit plus tard une des dames qui avaient assisté à ce départ : imaginez-vous qu'elle a fait toute la route le cou nu et que même elle n'a pas voulu croiser son manteau sur sa poitrine. »

« *Et ce cri!* ajouta une autre dame : *ce cri!* Ç'a été une véritable inspiration! C'était tout simplement quelque chose...»

Quoi qu'il en fût, l'ancien gouverneur était parti, et si bien parti, que jusqu'aux traces des roues de sa voiture disparurent la nuit même sous un linceul de neige. Nadèjda Pétrovna songea avec effroi à ceci, c'est que dès le lendemain on commencerait à l'appeler « la Pompadour en retrait d'emploi ».

Rien n'agit aussi douloureusement sur

les natures impressionnables que les changements et les privations. Il arrive parfois que lorsqu'on enlève simplement d'une chambre une chaise, vous la cherchez du regard et vous sentez qu'il manque quelque chose; qu'on se représente donc la secousse morale qu'éprouva Nadèjda Pétrovna quand il fallut bien se persuader que son appartement ne reverrait plus, non pas une pièce d'ameublement, mais un gouverneur général tout entier ! Pendant longtemps elle ne put s'habituer à cette idée; pendant longtemps il y eut je ne sais quoi qui l'appelait et qui l'inquiétait !

Sa main se soulevait machinalement pour pincer quelqu'un ou lui donner une petite tape sur la joue ; sa tète et tout son corps se penchaient langoureusement pour se reposer sur le sein de quelqu'un.

Elle entendait encore nettement le son de certaine voix; sa taille tressaillait encore du contact passager de certain bras; sa poitrine était agitée et palpitante; ses lèvres s'entr'ouvraient; sa respiration devenait entrecoupée, son haleine brûlante. En un mot, en elle continuaient à se produire, pour ainsi dire spontanément, les symptômes de sa vie telle qu'elle était encore la veille, alors que le bonheur coulait à pleins flots dans ses veines, alors qu'il n'existait pas une créature qui ne s'intéressât à elle et qui ne l'admirât, alors que l'entouraient en foule des troupeaux innombrables de timides adorateurs, alors que, pour mettre un frein à leurs respectueuses manifestations et déclarations, elle était obligée de leur dire avec un renoncement plein de langueur : « Non, il n'y faut pas songer ! Rien de tout cela ne m'appartient! Tout cela est à jamais la propriété de mon cher gouverneur!

— Ma petite âme! ne te tourmente pas! Essuie tes yeux chéris! lui disait, en tâchant de la calmer, son époux, le conseiller de cour Blamangé, à genoux devant elle : — crois-moi, de semblables épreuves ne nous sont jamais envoyées sans but! Avec le temps.....

— Comment, « avec le temps »? Est-ce que vous vous imaginez que vous pourrez me « le » remplacer? dit Nadèjda Pétrovna en l'interrompant avec indignation.

— Mon amie! ma colombe! Ne t'emporte pas! Je suis incapable de le remplacer, je le sais! Je dis simplement : avec le temps.....

— Taisez-vous! vous êtes abominable! »

Blamangé, en pareille rencontre, s'en

allait dans une autre chambre d'où il écoutait timidement les soupirs de Nadèjda Pétrovna.

Blamangé était un garçon d'un caractère doux et il portait son titre de « mari d'une Pompadour » sans effronterie et sans un air particulièrement dégagé, mais seulement comme un homme qui serait aux anges. Il avait réussi à gagner l'estime générale de toute la ville parce qu'il ne regardait pas les gens de haut en bas et ne faisait pas l'orgueilleux. Un autre, à sa place, se serait mis infailliblement à trancher du matamore, à prendre des airs provocateurs et à faire de l'embarras; lui, non seulement ne provoqua personne, mais encore il eut toujours la tenue d'un homme à qui l'on souhaiterait sa fête.

« Comment se porte Nadèjda Pétrovna? lui demandaient les gens de sa connaissance en le rencontrant dans la rue.

— Je vous remercie! répondait-il aimablement. Au moment même où je l'ai quittée, elle avait la visite de..... »

Ensuite, prenant un air mystérieux, il ajoutait dans le tuyau de l'oreille : « Ils se sont de nouveau querellés! » ou bien : « Ils se sont de nouveau réconciliés! » Puis il examinait si son interlocuteur savait déjà qu'il y eût eu précédemment brouillerie ou entente amoureuse entre la favorite et son pacha.

Les habitants de la ville non seulement appréciaient cette égalité de caractère, mais même y voyaient des marques de vertu. En effet, on ne pouvait pas ne pas l'apprécier, car tous avaient conservé le vivant souvenir du mari de la précédente favorite, le cornette Otlétaïeff qui ne se contentait pas de passer ses nuits à enfoncer les portes des cabarets, mais qui

même un jour parcourut la ville à cheval,

tout nu avec un étendard dans les mains.

Donc, quand l'ancien gouverneur partit, Blamangé en fut encore presque plus affligé que Nadèjda Pétrovna elle-même. Il sentait que dans son existence aussi une lacune s'était produite; qu'il avait besoin de s'incliner devant quelqu'un — et qu'il n'y avait plus personne à qui il pût adresser ses courbettes; qu'il avait besoin de quitter son appartement au moment opportun — et qu'il lui manquait une raison pour sortir; qu'il avait besoin de dire : « Qu'est-ce qu'il y a pour votre service? » — et qu'il n'y avait plus lieu de le dire. En un mot, il n'y avait plus de motif pour accomplir ces actes qui avaient été accomplis, pour prononcer ces paroles qui avaient été prononcées pendant une série de plusieurs années consécutives et dont l'ensemble avait constitué une situation si naturelle et si bien sauvegardée qu'on y vivait on ne peut plus commodément et qu'on y dormait on ne peut plus paisiblement et tranquillement.

De son côté, Nadèjda Pétrovna, pendant toute la durée de son règne, autrement dit de son « pompadourat », si l'on peut s'exprimer ainsi, se conduisit avec tant d'esprit et de prudence que non seulement elle ne se fit pas de tort dans l'opinion du monde, mais même qu'elle y gagna considérablement. A la vérité elle s'enorgueillissait de sa position, mais son orgueil se manifestait seulement en ce sens qu'elle remplissait consciencieusement le rôle de fée bienfaisante qui lui était échu en partage par la volonté du destin. Pas un seul scribe du tribunal ne

la quittait sans avoir reçu quelque consolation ; pas un seul commissaire de police
d'arrondissement n'échappait à l'enthou-
siasme qu'elle excitait par ses manières
affables.

« On peut dire positivement qu'elle
n'a pas fait de mal à une mouche ! » s'é-
criaient en chœur ces zélés exécuteurs des
desseins de l'autorité.

Il semblait qu'elle dît à chacun : « Re-
garde comme je suis douce, charmante,
délicieuse, bonne ! et comme ton chef
supérieur doit être heureux avec moi ! »
Pour chacun elle savait faire quelque
chose d'agréable. Elle était marraine de
la fille ou du fils de l'un ; à l'autre elle
servait de mère lors de la cérémonie de
son mariage ; chez les ménages sans enfants elle allait en visite goûter de leurs
pâtés. Même elle ne se fâchait pas lors-

qu'on lui baisait les mains et qu'on entamait en même temps une conversation un peu libre. Elle-même aimait assez à folâtrer en paroles, mais chaque fois que ces bavardages commençaient à prendre un tour équivoque, aussitôt, sans d'ailleurs y mettre d'affectation, elle rompait l'entretien en disant : « Non pas ! ne pensez plus à cela, je vous en prie ! Ceci ne m'appartient pas ! Tout cela est la propriété de mon gouverneur chéri ! » En un mot elle s'était constituée gardienne du bien de son gouverneur.

On conçoit fort bien que les habitants sussent apprécier aussi ce point comme il méritait de l'être. Ils se rappelaient les anciennes favorites, combien elles étaient communes et prétentieuses, comme elles étaient rapporteuses, cancanières et même haineuses, comme elles opéraient des destitutions et des nominations, comme elles accablaient le monde d'impôts et de persécutions.....

On se transmettait des récits concernant Mme la cornette Otlétaïeff qui un jour, à un dîner de gala, jeta une orange à la tête de son gouverneur général et même ne voulut jamais lui en faire des excuses, et, comparant cette façon d'agir violente avec les manières affectueusement douces de Nadèjda Pétrovna qui ne faisait pour ainsi dire pas le moindre bruit dans ses mouvements, tous, d'une seule voix, s'écriaient :

« Elle n'a pas offensé même une mouche ! Supposez le dernier, le plus infime scribe du tribunal, eh bien, même à un être pareil elle n'a fait aucun mal ! »

En un mot, plus elle charmait son gouverneur, plus l'estime publique lui était

acquise. Aussi bien sa déchéance du rang
d'une Pompadour fut non seulement sup-
portable pour elle, mais même accom-
pagnée d'éclat. Ordinairement il arrive
qu'on déchire immédiatement à belles
dents la favorite dont le règne est fini,
c'est-à-dire qu'on commence à ne plus la
reconnaître, à faire en sa présence certains
gestes malséants, ou à l'appeler ma petite
âme et à lui envoyer des invitations à
souper par l'intermédiaire des cochers de
fiacre. Au contraire, dans le cas présent,
tout se passa le plus courtoisement possible. Toute la ville comprit la grandeur
de la perte qu'elle avait faite, et, lorsque
certain plaisant, apercevant le lendemain
Nadèjda Pétrovna vêtue de noir de la tête
aux pieds, agenouillée dans l'église et
priant discrètement mais avec ferveur, es-
quissa de la main un geste un peu libre,

aussitôt toute la société protesta contre cette action en allant rendre visite à Nadèjda Pétrovna immédiatement au sortir de la messe.

Jamais, au grand jamais! même dans ses plus beaux jours, elle n'a été fêtée de la sorte! disait Mme la conseillère d'État Gloumoff en faisant allusion à ce triomphe de l'innocence.

—C'est tout à fait comme s'il ne s'agissait pas d'une Blamangé, mais de quelque princesse! » ajoutait de son côté le conseiller d'État actuel Balbéssoff.

Même les cochers se rappelèrent longtemps encore le jour où les maîtres s'en étaient allés en voiture « calmer la grande douleur blamangienne », si considérable fut ce jour-là le défilé des équipages devant la maison de Nadèjda Pétrovna!

« Je vous en prie, doûchetchka (petite

âme), venez chez nous comme autrefois!
lui disait Mme la maréchale de la noblesse
Védenéeff en tâchant d'obtenir son con-
sentement.

— Vous savez comme nous étions atta-
chés à celui qui vous fut si cher! ajoutait
Mme Prokhvosstova.

— Vous savez combien nous vous ap-
précions! comme nous comprenons cela!
interrompait Mme la conseillère d'État
Gloumoff.

— *Mais venez donc dîner, chère… sans cé-
rémonies!* suppliait affectueusement Mme la
conseillère d'État actuelle Balbéssoff.

— Et le plus souvent sera le mieux!
ajoutait le conseiller d'État actuel Balbéssoff en regardant de temps à autre Nadèjda Pétrovna avec des yeux humides.
Votre douleur, Nadèjda Pétrovna, est
profonde; mais j'ose penser, belle dame,

qu'elle n'est pas sans espoir de guérison. »

Ce qui ne contribua pas peu à cette heureuse issue fut le souvenir de l'ancien gouverneur. Il était de ceux qui allument des flammes inextinguibles dans les cœurs reconnaissants des habitants en tenant réception aux jours de fête, en assistant ponctuellement à tous les dîners de cérémonie et à toutes les soirées, et en signant avec une patience angélique tous les papiers qu'on leur présente. On se rappelait comme les précédents satrapes jetaient par terre les papiers et les foulaient même aux pieds, comme ils battaient le pavé de la ville l'écume à la bouche, comme ils donnaient des coups secs dans l'estomac des agents de police en ajoutant : « Est-ce qu'on a enterré là dedans beaucoup de poulets et de cochons de lait ? » comme ils se comportaient grossièrement quand ils dînaient en ville..... et on ne pouvait pas ne pas admirer la mansuétude et l'affabilité du nouveau gouverneur (devenu, hélas! maintenant l'ancien!). Cependant comme même lui, à son début, avait montré quelques velléités de faire le tyran et que même un jour, s'étant mis en colère contre l'administration municipale, il avait juré sa perte, on devina, non sans raison, que le changement opéré en lui depuis lors était dû uniquement à la bienfaisante influence de Nadèjda Pétrovna.

« Non, pensez ce qu'il a fallu d'abnégation pour dompter une pareille brute! disaient les uns.

— On peut dire que sa personne nous a servi de paratonnerre contre toutes les incartades du gouverneur! disaient les autres.

— Certes, c'est un art immense! Être

jetée dans une cage avec une bête féroce, et ne pas devenir sa victime ! » ajoutaient d'autres.

Ainsi donc, et l'ancien gouverneur, et Nadèjda Pétrovna elle-même, voire M. le conseiller de cour Blamangé, tout ensemble coopérait et contribuait à gagner à Nadèjda Pétrovna les cœurs des habitants. En sorte que, lorsque l'ancien gouverneur partit, elle ne se trouva nullement dans cette fausse situation qui échoit habituellement en partage à toutes les Pompadours relevées de fonctions ; elle parut simplement l'intéressante victime d'une cruelle nécessité administrative. Une seule chose lui sembla étrange : c'était comme si quelqu'un avait effacé d'un trait son existence passée en lui disant : « Dorénavant tu es redevenue jeune fille ! »

Cependant, quelque grande que fût la

sympathie universelle, Nadèjda Pétrovna ne pouvait pas oublier le passé. Il se dressait devant elle palpable, vivant, lumineux, s'attachait à ses pas, brûlait dans ses joues, pesait sur sa poitrine, bouillait dans son sang. Elle ne pouvait pas se regarder dans la glace sans apercevoir partout.... partout les traces du gouverneur !

« Vilain méchant ! Tu t'es bien amusé, et puis tu es parti ! » disait-elle en se laissant tomber sur sa chaise longue d'un air langoureux, et ses larmes, pareilles à de gros diamants, se répandaient sur ses joues.

M. le conseiller de cour Blamangé saisissait d'ordinaire ces moments-là au vol, et sans qu'on l'entendît, car il avait à la lettre des pieds de velours, il se glissait vers la chaise longue.

« Chère amie! disait-il, Dieu est misé-
ricordieux! Avec le temps.....

— Laissez-moi! vous me faites horreur!
Tout me contrarie! Tout me répugne!
Tout me dégoûte! » lui criait-elle, et même
souvent elle brisait par-dessus le marché
quelque bibelot.

Avant tout, elle se rappelait les premiers
jours, la lune de miel de sa liaison avec son
gouverneur. Qu'elle l'eût charmé, cela
n'avait rien d'étonnant. C'était une de ces
femmes superbes auprès desquelles aucun
homme exerçant un commandement ne
peut passer sans éprouver un frémissement. Ce qui produisait particulièrement
un effet excitant, c'était sa démarche; et
lorsque, les reins cambrés, elle s'avançait
ou, pour parler plus exactement, elle s'é-
lançait à travers la rue, alors le gouverneur, sans s'en apercevoir lui-même,

commençait à sautiller en marchant. Bien des gens essayèrent de résister à l'action de cette démarche qui vous faisait perdre la tête, mais personne ne le pouvait. Un jour, le receveur des contributions indirectes de l'arrondissement paria qu'il tiendrait bon ; mais à peine fut-il en présence de la charmeuse, aussitôt il poussa de tels soupirs que le bourgeois Polotebnoff, qui demeurait non loin de là, dit à sa femme : « N'as-tu pas entendu, Maricha, la plainte du lièvre dans la forêt voisine ? »

C'est en cet état qu'il fut trouvé par l'ancien gouverneur.

« Cher monsieur, lui dit celui-ci sévèrement, vous êtes d'un âge, ce me semble, à pouvoir comprendre qu'il est indécent de pousser des gémissements en pleine rue ! »

Mais le receveur des contributions indirectes ne s'excusa même pas. Il bégaya, sans discontinuer, quelque chose d'incompréhensible et montra de la main Nadèjda Pétrovna qui s'éloignait.

Depuis cette époque-là, tout alla comme sur des roulettes.

Le gouverneur commença par accabler d'attentions le conseiller de cour Blamangé. Ensuite il se mit à se promener constamment sous les fenêtres de la maison où vivait Nadèjda Pétrovna, en chantant *Jeune fille aux yeux noirs*. Tantôt il chantait cette romance sur un ton de fausset mélancolique, tantôt en imitant la trompette ; d'ailleurs il chantait toujours faux. Toute la ville remarqua les agissements insensés du gouverneur, et l'on se demandait, avec une agitation inquiète, comment cela finirait. Nadèjda Pétrovna, elle aussi, pressentait quelque chose, et, apercevant par la fenêtre le gouverneur amoureux, elle rit de ce rire doux et heureux dont rient les petits enfants quand on les chatouille légèrement sur leur petit ventre. Enfin Olga Séménovna Prokhodimtseff se mêla de cette affaire....

La province est, sous ce rapport, extrêmement serviable. Quand on y remarque qu'un gouverneur général a une envie, aussitôt de tous côtés les occasions les plus favorables pleuvent chez lui : et les promenades improvisées au jardin public, et les rencontres imprévues dans la maison d'une dame accueillante, et les rapprochements non moins imprévus dans les coulisses pendant quelque représentation sur un théâtre de société. En un mot, il n'y a pas un être vivant qui n'y soit prêt à contribuer par quelque honteuse manœuvre au succès d'une aussi honteuse entreprise.

Il en fut ainsi dans le cas actuel. Notre gouverneur rencontrait Nadèjda Pétrovna chez la Prokhodimtseff, et c'était toujours par hasard. Au commencement, il chantait sans cesse *Jeune fille aux yeux noirs,* en expliquant que cette romance était l'air favori et se jouait comme marche de cérémonie à son régiment. Quelquefois, d'ailleurs, pour changer, il se mettait à regarder les images qui se trouvaient sur la table en marmottant bêtement aparté :

« Femme inaccessible !

— De qui parlez-vous ainsi en chuchotant? lui demandait Nadèjda Pétrovna.

— Habitante des cieux! »

Ah! s'il avait été caniche au lieu d'être gouverneur, à coup sûr elle l'aurait vu frétiller follement en cette rencontre!

Néanmoins pendant longtemps elle ne céda pas au charme de son amabilité.

De temps à autre même il arrivait que le gouverneur entonnait :

Des chevaliers ainsi m'ont exprimé leur flamme...

et qu'elle répondait :

Et moi, j'ai refusé l'offre des chevaliers.

Et elle le regardait avec un sourire tel, que lui, tout à coup littéralement enflammé, changeait de sujet et entonnait : *T'en souviens-tu ?*

Olga Séménovna de demander : « Pourquoi tout à coup ce chant funèbre ? » Et lui de répondre : « Que faire, Madame? Nous n'avons pas le bonheur de plaire à Nadèjda Pétrovna ! »

En même temps il prenait un air boudeur tellement drôle que cela donnait envie à Nadèjda Pétrovna d'essayer de frapper à l'improviste ses lèvres du bout des doigts, comme on fait aux petits bébés, pour voir quel son en sortirait.

Cependant, comme personne n'échappe à sa destinée pour eux aussi l'heure décisive arriva.

Une fois, — c'était un soir d'automne, — le gouverneur vint, comme d'habitude, chez Mme Prokhodimtseff, et, comme d'habitude, il y trouva Nadèjda Pétrovna Ce soir-là les nerfs de Nadèjda étoient assez particulièrement impressionnables.

Jeune fille aux yeux noirs ! tu règnes sur mon âme !

entonna le gouverneur. Nadèjda Pétrovna lui fit écho à demi-voix en chantant : *Et moi, j'ai refusé...*

— Non ! je vous en prie ! non ! ne chantez pas cela ! Veuillez ne pas le chanter ! » cria-t-elle tout à coup d'une manière assez nerveuse, comme si elle allait commencer à pleurer.

3.

« Vous... tu... »

Leurs cœurs s'embrasèrent.

Nadèjda s'en souvenait dans sa solitude actuelle ; elle se rappelait comme ensuite elle rentra chez elle, comme, sans aucun motif, elle courut à travers les chambres en valsant, comme Blamangé se traîna par terre en lui embrassant les mains.

Elle s'en souvenait... et son cœur s'emflammait en vain, et sur ses joues coulaient d'amères, de bien amères larmes.....

« Comme il était donc bête dans ce temps-là ! se dit-elle, et comme il me regardait drôlement ! Quels efforts il faisait pour exécuter des roulades ! comme si je ne comprenais pas, sans cela, où il voulait en venir avec ces roulades ! »

Sa pensée passait involontairement d'un souvenir à l'autre.

Un jour il y eut des tableaux vivants

chez Mme Prokhodimtseff. Il n'y avait
là que les amis les plus intimes. « Il »
représentait Jacob ; « elle », Rachel.
Elle tenait dans ses mains une am-
phore inclinée. Les plis de sa tunique
glissèrent sur sa poitrine et se dérangè-
rent comme par hasard... « Il » tendait
ses lèvres (« et comme il les tendait ridi-
culement... mon gros bèta ! » pensa-
t-elle).

« Hé, Nadèjda Pétrovna ! si vous me
donniez un peu à boire de cette manière-
là ? » lui dit alors le conseiller d'État actuel Balbéssoff ; mais elle fit semblant de
ne pas entendre ce propos, et même elle ne
s'en plaignit pas à « lui ».

Pourquoi ne s'en plaignit-elle pas ?
C'est parce qu'un jour le gouverneur lui
avait dit :

« Écoute, Nadèneka, si jamais quel-

qu'un te tracasse, tu n'as qu'à dire un mot !
Immédiatement on l'expédiera en charrette
— et *fftt !* [1] »

Non seulement elle ne souhaitait rien
de pareil, mais elle n'avait qu'un désir :
c'est que tout le monde pût la regarder et
se réjouir.

Ensuite elle se rappela qu'une fois (la
soirée était déjà très avancée) « il » était
en train de folâtrer. Tout à coup « il »
lui dit :

« Nadèneka, quel corps tu as ! L'eau
en vient à la bouche ! »

---

1. En russe « fiouite ». Espèce d'onomatopée em-
ployée pour envoyer les gens au diable. Voici ce qu'en
dit ailleurs un des personnages de Chtchédrine :

« Les pompadourui ont su concentrer toute leur action administrative dans un tout petit mot « fiouite » ;
et c'est, paraît-il, le seul mot qu'ils sachent prononcer
avec une clarté convenable. Tout le reste prend dans
leur bouche la forme d'un baragouin inarticulé dont il
est difficile de tirer quelque sens instructif. J'essayai vai-
nement de prouver que « fiouite », malgré la commo-

Ensuite.... « il » était un jour en mission spéciale pour affaires ; elle se trouva là — par hasard....

Le maréchal de la noblesse les invita à dîner.... Le berceau de verdure.... le jardin.... le rossignol qui chantait.... là-bas le commis principal qui passait en fumant son cigare....

Tout cela se présentait à ses regards, se dressait devant elle comme si c'était encore une réalité !

Et, ce qui importait plus que tout le reste, à mesure qu'elle donnait des sujets de joie à son ami, le respect envers elle augmentait de plus en plus ! Personne même ne la jalousait !

Tous savaient qu'il en était comme il

---

dité d'un mot si court, ne renferme aucune solution. En réponse à mes arguments, on me dit partout : *Pour nous autres, c'est encore assez bon !*

devait en être.... Mais maintenant ? Qu'é-
tait-elle maintenant ? L'« ancienne » favorite ! Était-ce une position ? Était-ce
une fonction ?

« Hélas, où est-il à présent, mon gros
nigaud ! »

Nadèjda Pétrovna languissait et se
consumait de chagrin. Elle voyait que la
société était bienveillante pour elle
comme auparavant, que les commissaires
de police aussi n'avaient rien perdu de
leurs manières prévenantes envers elle ;
mais cela ne lui causait aucune joie et
même cela l'affligeait pour ainsi dire.
Chaque nouvelle invitation, soit pour un
dîner, soit pour une soirée, lui rappelait
le temps passé où les invitations lui
arrivaient d'une manière naturelle et non
par commisération ou par une bienveil-
lance provoquée artificiellement. Il est

vrai qu'il lui restait une amie — Olga Séménovna Prokhodimtseff...

Elle s'enfermait en tête-à-tête avec cette amie et passait en revue les anciens souvenirs. Elle était étonnée elle-même de l'inépuisable quantité de détails particuliers qui lui revenaient en mémoire toutes les fois qu'elle réveillait les échos du passé.

« Ce gentil gros bêta de gouverneur ! comme il faisait des folies ! » disait-elle à Olga Séménovna, et elle tâchait derechef de se rappeler quelque particularité nouvelle et en racontait le détail à son amie.

Elle cessa presque complètement de voir ses autres connaissances, et elle dit même tout net au conseiller d'État actuel Balbéssoff, afin qu'il ne se montât pas l'imagination, que, malgré le départ du gouverneur, elle « lui » appartenait à « lui » seul comme auparavant, ou, pour mieux dire, à « sa » mémoire chérie. Cette déclaration aigrit Balbéssoff à un tel point qu'il surnomma Nadèjda Pétrovna la messe de requiem ambulante; mais avec tout cela il n'eut pas de succès.

« Ma foi, Monsieur, ce gouverneur était un heureux gaillard! disait-il. — Il devait être plein de qualités, puisque, tout en ressemblant à un singe, il a pu inspirer un pareil attachement ! »

Nadèjda Pétrovna passait la plus grande partie de son temps assise devant le portrait de l'ancien gouverneur et elle demeurait plongée dans ses souvenirs. Il arrivait pourtant quelquefois que certaines personnes, notamment des amis dévoués, réussissaient à pénétrer dans sa solitude et tâchaient de la per-

suader de prendre part à quelque divertis-
sement; mais elle répondait à toutes ces
exhortations par un sourire plein de mépris.
On finit même par considérer cet état
comme étant dangereux. On essaya d'avoir
recours aux lumières du conseiller
de cour Blamangé. On le fit s'agenouiller
une fois de plus devant elle.

« Ma colombe! ce n'est pas en mon
nom, c'est au nom de toute la société... »
dit sur le ton de la prière l'infortuné
Blamangé en se traînant sur le parquet.

« Vous avez perdu l'esprit! Vous avez
oublié, ce me semble, quel est « celui »
qui m'a aimée! » répondit-elle en mon-
trant majestueusement le portrait de
l'ancien gouverneur.

Cependant celui-ci, qui semblait tout
à fait vivant, la regardait du fond de son
cadre et paraissait approuver sa décision.

Un beau matin, à peine Nadèjda Pétrovna avait-elle quitté son lit si douillet, elle remarqua au dehors, dans la rue, une agitation inaccoutumée. Quelque ensevelie que fût sa pensée dans les souvenirs d'autrefois, son cœur tressaillit involontairement et elle sentit des battements dans sa poitrine.

« Reçois mes félicitations, ma petite âme, un nouveau gouverneur général nous est arrivé ! » dit d'un air joyeux, en entrant à ce moment, M. le conseiller de cour Blamangé.

II

La considération dont jouissait Nadèjda Pétrovna grandissait de jour en jour. Les marchands disaient ouvertement : « Si elle n'avait pas été là, elle, notre petite mère, « lui », aussi vrai que Dieu est saint, nous aurait dispersés, nous et même nos cendres, à tous les vents ! » Les nobles et les fonctionnaires affirmaient qu'elle descendait presque en droite ligne du prince Oleg.

Le commissaire de police de l'arrondissement fut tellement troublé par ces dires que, bien qu'il dût son avancement uniquement à Nadèjda Pétrovna, il crut de son devoir de faire un rapport à ce sujet au nouveau gouverneur.

« Ordonnez à cette femme de se tenir tranquille ; sans quoi... fftt ! » répondit celui-ci en faisant claquer ses doigts d'un air hardi et suffisant.

Le nouveau gouverneur était un garçon jeune et dénué de sens commun. Il n'avait aucune notion ni des sciences ni des arts, et il faisait si peu de cas des soi-disant idéologues que, même Paul de Kock et les autres classiques, il ne les connaissait que par la lecture d'extraits les plus choisis. Ses expressions favorites étaient : « Fftt ! » et « Allez-vous-en au diable ! »

Néanmoins, quand il se fut rendu compte de la situation des esprits dans la ville, il comprit, malgré l'état désespéré de son intelligence, que Nadèjda Pétrovna constituait dans son genre une force avec laquelle il eùt été imprudent de ne pas compter.

« Croyez-moi, *mon cher,* dit-il en confidence à un de ses amis intimes, cette Blamangé... dans son genre, c'est la presse de Moscou. Elle est tout aussi condescendante... et tout aussi forte. Ce qui est certain, c'est qu'elle agite l'opinion publique. C'est aussi sùr que deux fois deux font quatre. »

Ce qui l'agitait lui-mème au suprème degré, c'était de rencontrer déjà de l'opposition, alors qu'il n'avait pas encore eu le temps de se rendre coupable de quoi que ce soit.

« De grâce ! j'arrive à peine ici... j'apporte un cœur ouvert... j'en prends Dieu à témoin, dit-il. — Eh quoi !... dès les premiers temps je trouve de l'opposition ! »

Cependant, peu à peu, la curiosité s'empara de lui, et un matin, quand le commissaire de police de l'arrondissement parut comme d'habitude, le nouveau gouverneur ne put se contenir.

« Voyons... l'ancienne... comment est-elle ? demanda-t-il.

— Un petit oiseau, Excellence !

— Hum !... vous comprenez... Je... Qu'est-ce que c'est ?...

— C'est comme il vous plaira.

— Suffit. »

Le commissaire de police sentit une telle joie qu'il en eut la respiration oppressée. Avant tout c'était un homme bienveillant, et le cœur lui saignait à la vue de discordes intestines ou de désordres quels qu'ils fussent. Aussi bien, sans perdre de temps, il ne fit qu'un saut de chez le gouverneur jusqu'à la demeure de Nadèjda Pétrovna. Il la trouva plongée dans l'abattement devant le portrait de l'ancien gouverneur. A ses pieds rampait Blamangé.

« Où est-il maintenant, mon gros nigaud? Il s'est amusé — et il est parti! » se disait-elle à part soi.

Toutefois, lorsque retentit dans l'antichambre le bruit de l'épée de l'officier de police, elle eut un frémissement : ainsi frémit un vieux cheval de combat en entendant l'appel du clairon. Il faut dire, d'ailleurs, que chez Nadèjda Pétrovna chacun, à chaque moment, pouvait venir sans être annoncé et se faire servir l'eau-de-vie et les zakousski.

« Apporte-moi, Sémione, de ces petits poissons, tu sais bien ? » dit le commissaire de police de l'arrondissement au domestique avant d'entrer. « Et vous, Nadèjda Pétrovna, vous êtes donc toujours dans les larmes! Petite mère! petite colombe! qu'est-ce que cela signifie? continua-t-il en pénétrant dans la chambre. Or ça, vous avez assez pleuré! Allons, cela suffit! Pourquoi, pourquoi gâter vos jolis yeux?

— Oui, Monsieur, voilà ce que je ne peux pas lui faire comprendre ! fit Blamangé.

— Jusqu'à ce que..., dit Nadèjda Pétrovna, et la voix lui manqua.

— Oui, certes, vous avez raison; mais, Madame, vous devriez penser aussi à nous autres malheureux !

— Que puis-je faire? Maintenant mon rôle... »

Nadèjda Pétrovna baissa la tête.

« Voici, Madame, ce que je me permet-

trai de vous exposer, dit, en suivant le fil
de son idée, le commissaire de police de
l'arrondissement. Au lieu de vous désoler
devant cette idole, Dieu me pardonne,
vous auriez, Madame, des rênes à tenir...
Voilà, Madame! »

Nadèjda Pétrovna continuait à regarder
obstinément l'ancien gouverneur.

« Encore aujourd'hui, Madame, j'ai
eu le bonheur de rendre compte... »

Le commissaire de police de l'arrondissement soupira.

« De quoi donc? se mêla de dire Blamangé.

— Eh bien, il dit que si l'on veut lui
résister, on n'a qu'à essayer... Ce n'est pas
bien, Nadèjda Pétrovna. Dieu vous en
rendra responsable, c'est sûr. »

Elle gardait toujours le silence et semblait puiser dans les yeux de l'ancien gou-

verneur, fixés sur elle, une force d'âme
de plus en plus grande.

« Il s'est amusé — et il est parti! »
Cette pensée ne la quittait pas.

« Voilà qui est certain, Madame, con-
tinua le commissaire de police de l'arrondissement, comme s'il lisait dans son
cœur. Son Excellence est partie, Madame; et après, qu'on se tire d'affaire
comme on pourra!

— Je lui répète cela constamment, dit
Blamangé en manière de justification,
et ce n'est pas seulement moi, mais toute
la société. »

Nadèjda Pétrovna n'écoutait plus. Elle
se leva brusquement de sa place, et, comme
une tigresse blessée, elle s'élança vers
le commissaire de police de l'arrondissement.

« Ainsi vous avez oublié « qui » m'a

aimée ! lui cria-t-elle ; et moi... je m'en souviens ! je m'en souviens toujours ! »

Sur cette parole elle sortit majestueusement de la chambre.

Les tentatives cependant ne s'arrêtèrent pas là. De plus en plus souvent les dames de la ville vinrent rendre visite à Nadèjda Pétrovna, et chacune amenait immanquablement l'entretien sur le nouveau gouverneur. Quelques-unes même disaient qu'il commençait à leur faire la cour. « Quel dommage qu'autour de lui il n'y ait pas... *vous savez ?* ajoutait quelque petite dame compatissante.

— Non, je ne sais pas, répondait Nadèjda Pétrovna avec une indifférence étonnante.

— Eh bien... comment bien exprimer cela ?... quelqu'un qui le dirige...

— Ah ! »

Survint l'époque des dîners et des bals. Nadèjda Pétrovna tenait toujours ferme et ne quittait pas des yeux le portrait de l'ancien gouverneur. Dans la ville on se racontait en secret qu'elle s'était attachée avec des chaînes.

« *Mais enfin, cela commence à devenir ridicule, ma chère!* lui disaient ses amies en l'invitant à prendre part aux fêtes mondaines.

— Vous ne savez pas, *Mesdames,* « quel » était l'homme qui m'aimait! répondait-elle habituellement à ces instances; — mais moi... moi, je le sais! Oh! je le sais bien, allez!

— Tout cela... *c'est sublime, il n'y a rien à dire!* mais tout... mais il y a mesure à tout.

— Voilà ce que je me tue à lui dire chaque jour du bon Dieu, » se permit de re-

marquer le conseiller de cour Blamangé,
qui, dans les derniers temps, fondait
comme une chandelle.

Au fond cependant, petit à petit, le
cœur de Nadèjda Pétrovna commençait à
céder. Même elle se mit à analyser la phy-
sionomie de l'ancien gouverneur, et trouva
que son nez...

« Ah! *ma chère,* regardez comme son
nez est grotesque, dit-elle à Olga Séménovna.

— Je m'étonne que vous ne l'ayez pas
remarqué plus tòt, répondit Mme Prokhodimtseff, qui, de son côté, employait
tous ses efforts à faire que son amie ou-
bliât le passé. Oui, et sa bouche n'est pas
bien spirituelle! »

Un jour Nadèjda Pétrovna se risqua
même à regarder par la fenêtre... O
terreur! elle aperçut le nouveau gou-

verneur qui passait dans la rue en fre-
donnant :

> *L'amour, qu'est qu'c'est qu'ça, Mam'zelle,*
> *L'amour, qu'est qu'c'est qu'ça ?*

Il était si beau qu'involontairement
elle ne pouvait se lasser de le contempler.
Brun, de taille moyenne, mais extrêmement
bien proportionné, il semblait créé exprès
pour commander et charmer. Sur sa joue
gauche était placée une petite verrue (elle
remarquait tout), et sur sa lèvre supérieure
se tordait capricieusement une moustache
de couleur foncée qu'il mordait de temps
en temps. Sa beauté était d'un genre tout
différent de celle du précédent gouverneur. Chez celui-ci, la bouche et le nez
étaient si mous, si drôles, qu'on était
tentée de les pincer, de les tirailler, et
ensuite tout de même de les embrasser.

On ne les embrassait pas pour leur beauté,
mais justement pour leur drôle de forme.
Chez l'autre, au contraire, tout était for-
tement constitué; tout indiquait de la
fermeté, de la solidité; tout marquait
qu'il avait le diable au corps.

Voilà qu'il approche de plus en plus;
le voilà déjà à la hauteur de la maison de
Nadèjda Pétrovna; sa démarche devient
hésitante, hésitante.... Voilà qu'il s'est ar-
rêté... il a mis la main sur le bouton de la
sonnette.... Nadèjda Pétrovna, toute trou-
blée, toute tremblante, se jeta sous la protection du portrait de l'ancien gouverneur.
Blamangé montra une fois de plus son
intelligence en quittant précipitamment
sa demeure.

« Vous m'excuserez, chère Nadèjda
Pétrovna, dit le nouveau gouverneur
de sa voix insinuante après avoir attendu

un moment. Je respectais tellement votre douleur que je n'ai même pas osé penser plus tôt à vous déranger par ma visite. Mais croyez, je vous prie, que mon impatience…. Les choses flatteuses que l'on entend dire sur votre compte…. Si j'avais pu n'écouter que la voix de mon cœur… »

Nadèjda Pétrovna avait des tintements dans les oreilles. Elle tenait ses yeux fixés sur le portrait, et il lui semblait que l'ancien gouverneur lui lançait des regards étincelants.

« Veuillez croire néanmoins, continuait la même voix mielleuse, que je n'ai pas assisté à votre chagrin en spectateur indifférent. Monsieur le commissaire de police de l'arrondissement ne se refusera certainement pas à vous certifier que plusieurs fois j'ai ordonné, et même avec insistance, que l'on mît à votre disposition tous les moyens... en un mot, tout ce qui dépend de mon pouvoir... »

Nadèjda Pétrovna restait assise immobile comme auparavant. Elle était littéralement possédée par quelque hallucination.

« Toutefois il est très fâcheux pour moi, fit le gouverneur, je dirai même plus.... il est très douloureux pour moi que.... en apparence à cause de moi.... vous priviez la société, pour ainsi dire, de son plus bel ornement ! Assurément je... les dignités dont je suis revêtu.... je ne puis pas me targuer d'expérience ..

— Non pas ! On fait votre éloge, répliqua Nadèjda Pétrovna, ne sachant presque pas elle-même ce qu'elle disait.

— Le monde est trop bienveillant pour moi ! Certes, tout ce qui dépend de moi... je suis prêt à donner ma vie.... mais en tous les cas, chère Nadèjda Pétrovna, vous me permettrez de sortir d'ici avec l'agréable pensée... ou, pour mieux dire, avec l'espérance.. que vous ne désirez pas m'affliger en privant la société, pour ainsi dire, de son plus bel ornement !

— Monsieur... je... si vous l'ordonnez, Monsieur, répondit-elle en continuant à ne pas savoir ce qu'elle disait.

— Je n'ordonne rien, Madame ; je vous adresse une prière. »

Il prit sa main et la baisa.

« C'est sans doute le portrait de mon prédécesseur ? demanda-t-il.

— Oui, Monsieur ; c'est lui, Monsieur.

— Comme il était heureux dans ses attachements ! Et combien il a perdu ! Combien il a perdu en quittant cette ville ! »

Les yeux du gouverneur se mouillaient, ses paroles prenaient une tournure pleine d'intentions; mais Nadèjda Pétrovna ne sortait toujours pas de son état de torpeur.

« Oui, Monsieur, il fut heureux, Monsieur, dit-elle, s'étonnant elle-même de ce que sa langue ne prononçait que des bêtises.

— Excusez-moi, je n'ose pas vous importuner davantage par ma présence; mais je me permets de penser que j'emporte avec moi l'agréable espérance qu'à partir d'aujourd'hui tous les malentendus ont cessé d'exister entre nous; et vous... ne privez plus la société de son... pour ainsi dire, de son plus bel ornement! » proféra-t-il enfin en se levant du canapé et en baisant de nouveau la main de la maîtresse de la maison.

Après son départ, Nadèjda Pétrovna demeura quelque temps stupéfiée. Il lui semblait qu'elle avait écouté le contenu de je ne sais quelle pièce de chancellerie mal rédigée, dont le sens ne lui paraissait pas tout à fait intelligible et demandait à être éclairci à tout prix. Enfin, quand elle se réveilla de cet état, son premier mouvement fut de saisir le portrait de l'ancien gouverneur.

« Mon gouverneur chéri ! mon gros nigaud ! où t'en est-tu allé ? Qu'as-tu fait de moi ? » s'écria-t-elle, comme si elle pressentait que dans la destinée de l'ancien gouverneur il devait se produire une révolution décisive.

III

Les jours se suivaient. Dans la tête de Nadèjda Pétrovna tout s'embrouilla au point qu'elle ne pouvait plus distinguer *Jeune fille aux yeux noirs* de *L'amour, qu'est qu'c'est qu'ça?* Elle savait très bien que l'un et l'autre air avaient été chantés par certain gouverneur; mais par lequel? — elle ne pouvait véritablement pas le définir. De son côté, le nouveau gouverneur s'irritait, se chagrinait, et commettait même des fautes administratives.

Peu à peu la vie de recluse ennuya Nadèjda Pétrovna, et elle commença à sortir. Néanmoins le portrait de l'ancien gouverneur restait toujours à la même place, et quand elle allait au bal, avant de partir, elle s'arrêtait pendant quelques minutes devant lui dans tout l'éclat de sa toilette et de sa beauté, afin, selon son expression, de « ne pas sortir sans s'être montrée à son gros nigaud ». Les bals succédèrent aux bals, les dîners aux dîners. Elle y rencontrait inévitablement le nouveau gouverneur, qui la dévorait toujours des yeux. A la fin, elle fit la remarque qu'entre lui et son prédécesseur il existait une étrange ressemblance. Longtemps elle ne put déterminer en quoi celle-ci consistait, jusqu'à ce qu'enfin elle découvrit que tous les deux étaient de « gros nigauds ». A partir de ce moment, ses stations devant le portrait de l'ancien gouverneur ne devinrent plus qu'une pure formalité.

En quelque lieu qu'elle fût, en quelque endroit qu'elle arrivât, quel que fût son interlocuteur, partout et chez tout le monde elle n'entendait qu'une chose : l'éloge du nouveau gouverneur. Le commissaire de police de l'arrondissement louait en lui la noblesse de l'âme; le secrétaire, la sagesse; le substitut du procureur, l'énergie et l'initiative vigoureuse.

« Vous, Nadèjda Pétrovna, que pensez-vous? disait le substitut. Vous croyez peut-être qu'il passe son temps dans les bals ou les dîners?... qu'il s'occupe de quelques fadaises?... qu'il se complaît à demeurer penché sur les épaules de nos dames?... Non pas : il médite une mesure à prendre. Voilà comment il est. Il ne peut faire un pas sans prendre une décision sur une mesure quelconque.

— C'est possible, répondait Nadèjda Pétrovna, toute pensive ; mais je crains...

— Que craignez-vous ? Vous croyez peut-être qu'il a le bras pesant ? Erreur. Voici qui résume sa manière d'être : il ne ferait pas de mal à une mouche. Voilà quel homme c'est. »

La bonne vieille Prokhodimtseff commença, de son côté, à s'agiter, elle dont on disait dans la ville qu'elle ne pouvait vivre une minute sans rendre service.

Au fond, le gouverneur était timide. Cela n'était pas d'ailleurs tellement étonnant, puisque dans ses états de service mêmes on avait constaté qu'il n'avait pas fait campagne. Il méditait facilement une mesure à prendre ; mais, à peine descendait-il dans l'arène de la pratique, il se montrait faible et mou. Toutes ses actions à l'égard de Nadèjda Pé-

trovna étaient irrésolues ou même simplement stupides. Ainsi, par exemple,
un jour, à un dîner de cérémonie, il
prit sur la table devant elle une poire, la
mit dans sa poche, et, après le dîner, en
donnant cette poire à Nadèjda Pétrovna, il
dit avec un certain son de voix désespéré :

« Mangez-la !

— Pourquoi donc ? fit avec étonnement
Nadèjda Pétrovna.

— C'est comme cela ! » cria-t-il presque,
tant le vol de la poire semblait lui déchirer
le cœur. Ensuite il fit entendre une sorte
de hennissement si stupide que l'amie de
l'ancien gouverneur ne put s'empêcher
de penser : « Seigneur ! mais comme il est
donc bête ! »

Une autre fois, à un bal, il resta longtemps silencieux à côté d'elle, et tout à
coup il se mit à dire :

« Comme je souhaiterais qu'un incendie éclatât dans votre maison !

— Et pourquoi avez-vous une pareille idée? dit avec ébahissement Nadèjda Pétrovna.

— C'est comme cela ! Je voudrais... je voudrais vous emporter dans mes bras à travers les flammes ! »

Une troisième fois, il lui demanda :

« Vous arrive-t-il jamais d'embrasser votre Blamangé?

— Qu'est-ce que cela peut vous faire?

— Je désire le savoir.

— Est-ce que vous n'êtes pas trop curieux?

— Je veux le savoir!

— Non... si pourtant... quelquefois...

— A merveille ! Mais savez-vous que votre Blamangé ressemble à un estafier ? »

Une quatrième fois, il se jeta sur

Blamangé et se mit à l'embrasser.

« Que faites-vous? dit avec frayeur Nadèjda Pétrovna.

— Je l'embrasse.

— Hé, cessez donc ! Ne voyez-vous pas que vous l'étranglez?

— Je l'embrasse, » répétait-il en manifestant une sorte d'exaspération bizarre.

En général, ses actions étaient non seulement indécises, mais encore énigmatiques. Quelquefois il s'emparait de la main de Nadèjda Pétrovna, la tenait, la caressait, et tout à coup la tirait si sottement qu'il faisait même crier Nadèjda. Parfois il sautait de sa chaise, comme piqué de la tarentule, prenait sa casquette d'ordonnance et, sans dire un mot, se sauvait chez lui. Bref, tous les symptômes étaient complets; il ne lui manquait que de savoir exprimer ses sentiments.

Nadèjda Pétrovna crut remarquer que le portrait de l'ancien gouverneur le gênait. On l'enleva de la table et on le suspendit au mur. Mais, même de là, le portrait avait l'air d'exercer une surveillance. Alors le conseiller de cour Blamangé proposa de le transporter dans sa chambre comme étant celui de son ami personnel. Nadèjda Pétrovna réfléchit, soupira... et y consentit.

Il n'est pas nécessaire de croire que le nouveau gouverneur était un célibataire. Non, il était marié et il avait des enfants; mais sa femme n'avait qu'une occupation, qui consistait à manger du matin jusqu'au soir des bonshommes de pain d'épice. Ce spectacle causait un tel chagrin au nouveau gouverneur que, de douleur, il faillit se plonger dans la lecture des rôles des contributions arriérées; mais, aussi bien, cette occupation offrait au cœur et à l'esprit une nourriture trop maigre pour suffire à remplir la vie d'un gouverneur général. Il se mit à vaquer à la direction de son gouvernement et à s'ennuyer.

Cependant la saison d'hiver était close. Le carême arriva ; l'air se remplit des parfums du printemps. Nadèjda Pétrovna sentait des élancements intérieurs, et son sang commençait à bouillonner. Afin d'apaiser ce torrent de vie, elle se tenait des heures entières près du vasistas ouvert, respirant l'air humide, et elle parcourait une dizaine de verstes, pénétrant hardiment dans les plus obscures ruelles de la ville. Fatiguée, à moitié rompue, elle rentrait, s'étendait sur sa chaise longue et fermait les yeux. Un sommeil lourd et agité engourdissait ses membres pendant un court espace de temps, et des centaines de

gouverneurs passaient en troupe devant
les yeux de son âme. Il y en avait de
toute espèce : avec et sans moustaches,
de blonds et de bruns, avec et sans verrues,
de haute et de petite taille; mais, hélas !
parmi eux il en manquait un seul — le
nouveau gouverneur ! Quelque chose
d'étrange se passait en lui; non seulement
il avait cessé de se promener sous les
fenêtres de Nadèjda Pétrovna, mais même
il semblait éviter de la rencontrer. Ainsi
tout à coup il rompait toute relation.

« Est-ce qu'il ne poursuivait d'autre
but que de se jeter au cou de cet antipa-
thique Blamangé? » se disait quelquefois
Nadèjda Pétrovna.

La vérité était que le gouverneur luttait,
d'une part contre sa timidité, et que,
d'autre part, il y mettait de la coquetterie.
Non moins que tout autre il sentait l'in-

fluence du printemps, mais, comme tous les gens timides et en même temps volontaires, il voulait que Nadèjda Pétrovna fît les premiers pas. Dans l'attente de cet instant, il devint si tendre pour sa femme qu'il se mit même à manger avec elle des bonshommes de pain d'épice. C'est ainsi que les jours se succédaient; Nadèjda Pétrovna se cassait en vain la tête; le public attendait avec perplexité.

Ce public se divisait en deux camps. Une partie, dirigée par le commissaire de police de l'arrondissement, accusait péremptoirement Nadèjda Pétrovna.

« Je lui pardonne tout, criait au club le chef des mécontents; mais il y a une chose que je ne puis lui pardonner : pourquoi a-t-elle déchiré le cœur le plus noble du monde ? »

L'autre partie, au contraire, la disculpait. On y soutenait que le gouverneur lui-même était coupable de tout, qu'il avait d'abord attiré vers lui la femme la plus noble du monde, et qu'ensuite, par son impardonnable lenteur, il l'avait mise dans une fausse situation.

« Plutôt que d'errer dans l'hôtel du gouvernement et de s'occuper à des fadaises, il ferait mieux d'agir! » disaient les défenseurs de Nadèjda.

Quoi qu'il en fût, Nadèjda Pétrovna constata que la considération pour elle s'en allait chaque jour diminuant. Tantôt, lors d'un concert de bienfaisance, on renvoyait tout à coup sa voiture à l'autre bout de la terre; tantôt, sans aucun motif, on fouettait son cocher au bureau de police; tantôt on adressait à Blamangé, en pleine figure, les traits les plus acérés. Rien de pareil n'était jamais arrivé auparavant, et tous ces petits désagréments la blessaient au cœur d'autant plus vivement que l'ancien gouverneur l'avait gâtée au dernier point sous ce rapport.

Enfin les rivières retrouvèrent leurs teinte bleue et débordèrent; la première jeune herbe parut dans les champs; les grenouilles de l'étang voisin commencèrent à coasser; le rossignol du bois voisin se mit à chanter. Certains bruits parvinrent jusqu'à Nadèjda Pétrovna : on disait qu'elle avait une rivale en la personne d'une princesse Oulanebékova, princesse tatare que le parti des mécontents avait fait venir exprès du gouvernement de Kazan.

« Pour quel motif donc a-t-il joué cette comédie avec moi? » se demandait-elle, courant avec désespoir à travers son appartement et déchargeant son dépit sur Blamangé.

Un jour, comme d'habitude, elle se fatiguait par des allées et venues dans les rues de la ville, lorsque tout à coup, au coin de l'une d'elles, elle se rencontra face à face avec le gouverneur en personne. Il était séduisant comme jadis, bien que quelques boutons lui fussent venus au visage.

« Pourquoi avez-vous donc cessé de venir chez moi? » lui demanda-t-elle d'une voix dans laquelle on entendait un mélange de reproches et de sévérité.

Le gouverneur perdit contenance et se mit à débiter quelque fadaise administrative sur le ton d'un homme qui divague.

« Comment osez-vous ne pas venir chez moi? » dit-elle en insistant, sans écouter ses objections.

Elle était dans une agitation indescriptible ; sa voix tremblait ; des larmes brillaient dans ses yeux. Cette femme toujours si modeste, si douce et même faible, se trouva tout à coup dans un tel état d'exaltation que le gouverneur craignit qu'elle n'eût une crise de nerfs dans la rue.

« Oui, je sais, je sais tout ce que vous faites ! continua-t-elle en s'oubliant par suite de son émotion. Vous faites la cour à cette sale Tatare. Osez seulement ne pas venir me voir aujourd'hui chez Olga Séménovna ! »

Le gouverneur ne fit pas de résistance. Il comprit que son sort était fixé.

IV

Leurs cœurs s'enflammèrent..... mais, comme historien véridique, je ne puis pas dissimuler que le nouveau pompadourat de Nadèjda Pétrovna fut loin d'avoir le caractère bénin du premier. Au contraire, il fut marqué par quelques cruautés qui, selon moi, étaient au moins oiseuses.

Premièrement, on expédia immédiatement la princesse tatare Oulanebékova et on l'interna dans la ville de Sviiajska, au confluent de la rivière Sviiaga et de la Volga.

Deuxièmement, on destitua le commissaire de police de l'arrondissement et on envoya en exil les autres mécontents.

Troisièmement, on priva la femme du gouverneur de son unique consolation : on lui défendit de manger des bons-hommes en pain d'épice.

Quatrièmement, on agit si abominable-ment envers Blamangé qu'il est même impossible d'en rendre compte...

A PARIS

DES PRESSES DE D. JOUAUST

Rue Saint-Honoré, 338

M DCCC LXXXI